Les Armes Du Quotidien

Contes Courts

Silas Dakar

Copyright © 2025 par Silas Dakar

Tous droits réservés. Aucune partie de cette publication ne peut être reproduite, distribuée ou transmise sous aucune forme ni par aucun moyen, y compris la photocopie, l'enregistrement ou d'autres méthodes électroniques ou mécaniques, sans l'autorisation écrite préalable de l'auteur, sauf dans le cas de courtes citations incluses dans des critiques ou certains autres usages non commerciaux autorisés par la législation sur les droits d'auteur.

Pour toute demande d'autorisation, veuillez contacter l'auteur à l'adresse électronique suivante: info@silasdakar.com

Ce livre est publié par Silas Dakar et imprimé et imprimé via cette maison d'édition. Pour plus d'informations, veuillez visiter : www.silasdakar.com

Dédicace

À mes filles,
Pour qu'elles ne perdent jamais la force
d'avancer, même lorsque le chemin semble difficile.
Qu'elles trouvent dans les petites choses
le courage de faire face à toutes les adversités,
et qu'elles ne deviennent jamais
complices de l'injustice par leur silence.
Que leurs voix soient toujours
des phares de vérité et d'espoir.
Papa

Table Des Matières

Pouvoir et Privilège
    1. La Malédiction du Monténégro   1
    2. Le privilège de Santiago   6
    3. La chute de Don Marcelo   11

Silence et Communication
    4. Le Silence de Laura   19
    5. Le Pianiste du Silence   23
    6. Le Silence de Teresa   27
    7. Les Murmures de Clara   31

Résistance et Justice Sociale
    8. Le Cri des Champs   39
    9. La légende de Camila   43
    10. Les Rouges de la Liberté   47
    11. Les Semences de Sofia   51
    12. Le Dernier Filet   54

Tradition et Culture
    13. La Couleur du Carnaval   61
    14. La Lamentation des Plantations de Café   65
    15. Le Poids des Os   71

Rêves et Métaphores
    16. Le Dernier Rêve de Juan   79
    17. Le Rêve de Julian   83
    18. Le Train des Rêves   88
    19. La Foi dans l'incertitude   91
    20. Les Fragments du Vent   94

À Propos D'auteur   101

Préface

Ce livre réunit une collection de contes qui ont accompagné différentes étapes de ma vie.

Certains ont été écrits durant ma jeunesse, portés par des élans spontanés et des idées naissantes, puis laissés de côté, comme on met de côté un trésor avec l'espoir d'y revenir un jour. Aujourd'hui, je les ai redécouverts, revisités et adaptés à un format plus en phase avec notre époque, tout en m'efforçant de préserver cet esprit curieux et inquiet qui leur donne vie.

Au fil des années, les manières de relever les défis ont changé, mais les outils, eux, restent immuables : les mots, les récits et ces petites batailles du quotidien. Ce sont là mes véritables armes du quotidien.

En ce qui concerne la traduction, j'ai veillé à préserver l'essence de chaque conte dans les deux langues. Je ne me suis pas toujours attaché au texte original à la lettre : parfois, j'ai privilégié le rythme, d'autres fois le ton ou la structure, en fonction de ce qui transmettait le mieux l'esprit de l'histoire.

J'espère que vous prendrez autant de plaisir à écouter ces récits que j'en ai eu à les écrire et à leur redonner vie.

Pouvoir et Privilège

Chapitre Un

La Malédiction Des Montenegro

Le vestibule de la maison de l'ancien député Carlos Montenegro était une fournaise ce midi-là. L'air épais collait à la peau comme une seconde couche de vêtements, tandis que le murmure lointain du marché s'insinuait entre les murs d'adobe. Deux hommes d'âge mûr échangeaient à voix basse, comme si leurs paroles risquaient de fondre sous la chaleur.

Ramiro, vêtu de l'uniforme de commandant de la Police nationale, se tenait droit malgré les gouttes de sueur qui glissaient sur son cou. En face de lui, Andrés arborait une tenue d'une simplicité soigneusement calculée, avec cette assurance propre à ceux qui savent que leurs connexions les protègent de la justice. Sa réputation de voleur était un secret de polichinelle, mais ses liens au Sénat suffisaient à maintenir ces rumeurs à distance.

— Ça fait longtemps que nous ne nous sommes pas vus, murmura Ramiro, brisant le silence étouffant de l'après-midi.

— Pareil, répondit Andrés avec un sourire à peine perceptible. Quoi de neuf ?

— Comme d'habitude. Je dirige la prison Lucero. Je veille à ce que nos "pensionnaires" profitent de leur séjour comme dans un hôtel cinq étoiles, lâcha Ramiro avec un sarcasme dégoulinant. Et toi ?

— Les affaires de famille, tu sais. Ces temps sont durs, il faut bien se débrouiller, rétorqua Andrés en agitant négligemment la main, comme pour chasser une mouche invisible.

— J'imagine que ce n'est pas évident, surtout avec tant d'insécurité dans les rues, répondit Ramiro en haussant un sourcil.

— Tu l'as dit. On ne peut plus faire confiance, même à son ombre.

Pendant que leurs mots chargés de sous-entendus se

mêlaient à l'air lourd du vestibule, Carlos Montenegro se détendait dans son fauteuil favori. Sa jambe plâtrée reposait sur un coussin, et son fils Alberto, âgé de sept ans, le regardait comme on contemple un héros blessé après une bataille.

— Alberto, je vais te raconter comment je me suis blessé, annonça Carlos en s'installant plus confortablement. Le match était à égalité et il fallait gagner. Tu sais que les Montenegro sont des guerriers : la défaite n'existe pas dans notre vocabulaire.

Le garçon hocha la tête, captivé, pendant que son père décrivait la scène : la passe magistrale d'Orlando, les adversaires tombant comme des dominos, et ce centre final qui aurait fait rougir Zidane.

— Mais, poursuivit Carlos en grimaçant, le défenseur a pris ma jambe pour le ballon. Et voilà, deux mois hors du terrain.

Le récit fut interrompu par une voix douce, flottant dans l'air brûlant. C'était Aurora, le pilier de la maison, impeccable dans son uniforme. Avec des décennies de service, elle était bien plus qu'une employée ; elle était la confidente de la famille et une seconde mère pour Alberto.

— Excusez-moi, monsieur.
— Oui, Aurora, entrez.
— Ramiro et Andrés vous attendent au salon.
— Dites-leur d'attendre un moment. J'ai besoin d'un service de leur part.

— Bien, monsieur.

Aurora referma la porte avec la délicatesse d'une experte des silences lourds. Alberto observa son père avec la gravité d'un petit médecin.

— Ça fait encore très mal ? demanda-t-il.

— Le jour où c'est arrivé, c'était un enfer, admit Carlos. Maintenant, ça va mieux. Ce qui sera difficile, c'est la rééducation.

— Mais tu es un guerrier, pas vrai ?

— Jusqu'au bout, champion.

Carlos ébouriffa les cheveux de son fils, provoquant un rire qui illumina la pièce. Aurora reparut dans l'encadrement de la porte.

— Monsieur, votre pension mensuelle est arrivée.

— Posez-la sur la table.

— Votre épouse a appelé. Elle dit que c'est urgent et qu'elle en a besoin.

— Ne vous inquiétez pas, Aurora. Je m'en occupe.

Aurora adressa à Alberto un regard chargé de tendresse et de sollicitude. L'enfant répondit avec un sourire éclatant d'innocence. Dans ce bref échange silencieux, une vérité implicite semblait flotter, imperceptible, mais palpable. Une fois seul, Carlos prit l'argent et le tendit à son fils.

— Champion, j'ai besoin de ton aide.

— Dis-moi quoi faire, papa.

— Apporte cet argent à l'un des hommes dans le salon.

— Lequel ? demanda Alberto, perplexe.

Carlos poussa un soupir profond, comme s'il allait révéler une vérité amère.

— Ça n'a pas d'importance, répondit-il avec un sourire en coin. De toute façon, ils vont me le voler.

Alberto prit l'argent avec la détermination d'un messager inconscient de la portée de sa mission. Carlos, resté seul, laissa son regard se perdre par la fenêtre. Un âcre sourire se dessina sur son visage, comme la marque d'une défaite annoncée.

Chapitre Deux

Le Privilège de Santiago

Le changement de carrière de Roberto Arevalo, de l'ingénierie civile au droit, fut l'une de ces décisions capables de bouleverser le destin de générations entières. Non seulement elle lui avait permis de rencontrer la femme qui deviendrait son épouse, mais elle avait aussi tracé le chemin vers sa position actuelle de maire de la ville. Son ascension avait été méthodique : d'abord en tant qu'avocat respecté, ensuite comme secrétaire du parti national-socialiste, et enfin jusqu'au siège tant convoité de la mairie. Pour son fils Santiago, ce parcours n'était pas qu'une histoire familiale : c'était un véritable manuel d'instructions pour réussir dans la vie.

Du plus loin qu'il se souvienne, Santiago avait observé, fasciné et intimidé à la fois, son père tisser une toile complexe de faveurs et de loyautés. Chaque poignée de main, chaque claque sur l'épaule, chaque sourire soigneusement calculé devenait une leçon tacite que le jeune homme absorbait : le succès n'était pas une affaire de mérite, mais de nom et d'opportunité. À vingt ans, Santiago avait appris que son nom de famille ne se contentait pas d'ouvrir des portes ; il modifiait même la gravité, forçant les têtes à s'incliner sur son passage.

La nuit était devenue son domaine. Tandis que ses amis exploraient maladroitement les plaisirs nocturnes, négociant les tarifs avec des prostituées entre rires nerveux et billets froissés, Santiago n'avait besoin que de lâcher la formule magique :

— Je suis le fils du maire.

C'était comme assister à une marée qui se renversait : les regards se métamorphosaient, les prix s'effondraient, et les meilleures "professionnelles" se disputaient son attention. Il découvrit que le privilège était une monnaie qui ne perdait jamais sa valeur.

Santiago régnait sur les bordels, les bars et les maisons

closes, tel un prince dans sa cour nocturne, toujours auréolé de cette supériorité que lui conféraient l'argent des autres et son prestigieux patronyme. Pourtant, pour sauver les apparences, il assistait avec une ponctualité exemplaire à ses cours à l'Institut des Études économiques. Son passage en gestion d'entreprise ressemblait à un interminable protocole, couronné par une moyenne à peine acceptable. Mais sa remise de diplôme fut un événement politique : le recteur, le gouverneur, et même le président du Congrès, venu expressément de la capitale, lui serrèrent la main sous le feu des projecteurs et des sourires de circonstance.

Les célébrations post-diplôme s'étirèrent comme une gueule de bois prolongée, jusqu'au moment fatidique de son premier entretien d'embauche. Ses parents attendaient cet événement comme la suite naturelle d'une dynastie de succès. Cependant, la veille, Santiago avait honoré sa routine mensuelle avec ses "amies" de passage.

Les tests psychologiques révélèrent sans détour ses obsessions : sa fascination pour les prostituées et son mode de vie chaotique apparurent comme des taches indélébiles sur une radiographie. Les épreuves techniques confirmèrent l'évidence : Santiago brillait davantage sous les néons que devant un écran Excel. Lors de l'entretien individuel, ses mots trébuchaient comme des serpents ivres. En désespoir de cause, il récita son incantation habituelle :

— Je suis le fils du maire.

La salle d'attente devint un purgatoire où les candidats attendaient le verdict. Après deux heures interminables, le directeur des ressources humaines, un homme dont le sérieux semblait une armure, entra et prononça d'un ton solennel :

— Le candidat retenu est Santiago Arévalo.

Santiago sortit de sa torpeur en entendant son nom. Il se leva avec la lenteur d'un homme émergeant d'un cauchemar, tandis que les regards des autres candidats le perçaient comme des flèches empoisonnées. Dans son esprit, une révélation se cristallisa avec la violence d'une migraine de lendemain de griserie :

— "Merde ! Le prestige, ça marche pas que dans les bordels."

Silas Dakar

Chapitre Trois

La Chute de Don Marcelo

Don Marcelo était le prototype parfait du magnat local, un homme dont le titre même, "Don", évoquait dans son village une autorité empreinte de respect et de dignité. Il avait fait du pouvoir sa religion et de la peur, son évangile. Les vastes plantations de café qu'il possédait s'étendaient comme une mer verte à perte de vue, et son emprise sur la communauté était si absolue que même le vent semblait demander la permission avant de souffler à travers ses cultures.

Les murs de sa hacienda – une grande propriété agricole qui dominait les paysages ruraux comme les esprits – racontaient des histoires de pouvoir et de soumission à travers des portraits de famille savamment disposés et des trophées de chasse qui fixaient les visiteurs de leurs yeux vides. Chaque objet dans cette maison était un rappel de son autorité ; chaque recoin respirait l'arrogance de celui qui n'a jamais entendu le mot "non".

Dans ce royaume de silence et de soumission, Emiliano apparut comme une fissure dans un mur que tous croyaient indestructible. Il n'avait pour armes qu'un carnet usé et une plume qui laissait échapper des vérités inconfortables. Ses vers, nés de nuits blanches et de rage contenue, étaient des révolutions en miniature gravées sur le papier.

Au début, ses poèmes n'étaient que des murmures échangés dans les coins sombres, des secrets chuchotés entre des dents serrées lorsque les travailleurs revenaient des champs de café. Mais les mots ont une vie propre. Bientôt, ces vers se répandirent dans le marché, s'insinuèrent entre les étals de légumes, résonnèrent sur les places où même les chiens semblaient s'arrêter pour écouter.

"Les caféiers pleurent du sang", écrivait Emiliano. "Et l'or noir que vend Don Marcelo suinte la sueur des mères qui n'ont plus de larmes. Chaque grain est une larme jamais séchée.

Chaque tasse que vous vendez assassine un futur, et votre richesse n'est que la faim que d'autres ne peuvent combler."

La nouvelle de ces poèmes arriva à Don Marcelo comme une gifle en plein visage. Il convoqua ses proches dans la grande salle à manger de l'hacienda, où les lustres en cristal semblaient observer la scène en témoins silencieux.

— Pour qui se prend ce gamin ? tonna-t-il, frappant la table en acajou avec un poing rageur. Que sait-il de construire quelque chose ? Que sait-il du sacrifice ?

Les contremaîtres échangèrent des regards mal à l'aise. L'un d'eux, le plus ancien, osa répondre :

— Avec tout le respect, patron, ses mots font leur chemin. Les gens les répètent, les mémorisent...

— Qu'ils murmurent ! l'interrompit Don Marcelo. La prochaine fois, je m'assurerai que ces chuchotements s'étouffent dans leurs propres gorges.

Ce soir-là, comme si les mots du latifundiaire l'avaient convoqué, Emiliano apparut dans le salon principal. Il était vêtu entièrement de blanc, tel un fantôme venu réclamer justice. Et il tenait dans ses mains une feuille qui semblait irradier une lumière propre.

D'une voix claire et ferme, sans trembler, il lut son dernier poème :

"Don Marcelo, votre café porte l'amertume de la sueur et du sang. Chaque grain est une larme jamais séchée. Chaque tasse que vous vendez assassine un futur, et votre richesse n'est que la faim que d'autres ne peuvent combler."

Le magnat, le visage déformé par la colère, ordonna qu'on le chasse. Mais il était déjà trop tard : la graine de la rébellion était semée, et comme le meilleur café, elle commençait à fermenter dans l'obscurité.

Cette nuit-là, les caféiers furent témoins de réunions murmurées, de plans ourdis à l'ombre des arbres qui avaient vu tant d'histoires se dérouler. Et à l'aube, sur le mur blanc immaculé de l'hacienda, un seul mot brillait comme une sentence : JUSTICE.

Don Marcelo ne retrouva plus jamais le sommeil. Les mots d'Emiliano, semés comme des graines de révolte dans un sol saturé d'injustice, germaient au gré de chaque murmure qui traversait le village. Désormais, ce n'étaient plus les coqs qui le réveillaient à l'aube, mais les vers d'Emiliano qui s'infiltraient par les interstices de sa maison, lui rappelant qu'il existe des vérités qui, comme le meilleur café, finissent par réveiller jusqu'au plus endormi. Et que les révolutions, comme la poésie, refusent de mourir en silence.

Les Armes Du Quotidien

Silas Dakar

Silence et Communication

Silas Dakar

Chapitre Quatre

Le Silence de Laura

Laura Álvarez incarnait une sublime contradiction : la beauté intemporelle d'une princesse égyptienne fusionnée à la chaleur vibrante du soleil caribéen. Ce n'était pas seulement son physique qui fascinait, elle dégageait une élégance sereine, une aura qui semblait percer les masques sociaux pour déchiffrer les secrets les plus enfouis de ceux qui l'entouraient. Ses yeux couleur miel, à la fois exotiques et profonds, contrastaient avec une cascade de cheveux d'un noir de jais encadrant son visage, tandis que ses longues jambes sculpturales complétaient une présence qui frôlait le mythe.

Le cocktail d'adieu du vice-président s'était mué en un théâtre de l'absurde. Épuisée par les compliments artificiels et les sourires fabriqués d'exécutifs en quête d'attention, Laura trouva refuge dans la seule échappatoire socialement acceptable : une pause aux toilettes.

Son retour dans la salle évoquait la descente d'une déesse parmi les mortels. Chaque pas, empreint du rythme naturel de sa Cartagena natale, déclenchait une vague de regards qu'elle avait appris à classer avec une précision scientifique : admiration, désir, envie, et cette étrange combinaison des trois qu'engendrent uniquement les beautés inaccessibles. Laura naviguait dans cet océan d'attention avec une indifférence naturelle, comme quelqu'un qui a appris à respirer sous l'eau.

Dans un coin discret du salon, comme une note dissonante dans une symphonie trop bien orchestrée, se tenait Luis. Il incarnait l'ordinaire, et donc l'invisible pour la plupart. Grand et mince comme un roseau, avec des lunettes amplifiant son allure d'éternel observateur, il contemplait la scène avec la curiosité d'un anthropologue accidentellement invité à un rituel tribal. Pour lui, ces soirées étaient des études de terrain involontaires sur la vanité humaine : des cadres en costumes griffés échangeant des anecdotes exagérées et des rires calibrés, le tout arrosé de vins dont le prix dépassait probablement son budget mensuel.

Émergeant de son refuge, Laura balaya la pièce d'un regard précis, tel un radar. Parmi la meute de loups en costumes, ses yeux s'arrêtèrent sur cette silhouette solitaire, semblant exister dans une dimension parallèle à la fête. Avec la grâce d'un félin, elle se dirigea vers lui.

— Bonjour, je m'appelle Laura. Et toi ? Sa voix était douce comme du velours.

— Vous ressemblez à un sphinx ! La phrase s'échappa des lèvres de Luis avant même qu'il n'ait pu la retenir.

Le rouge qui monta aux joues de Luis contrastait avec la sincérité désarmante que Laura lut dans ses yeux. Un sourire sincère se dessina sur son visage.

— Pardon, c'était un réflexe. Je m'appelle Luis, se rattrapa-t-il rapidement.

— Laura. Dans quel domaine travailles-tu ?

— Tu ne devines pas ? répondit-il, conscient que son allure de scientifique était un indice aussi évident qu'un panneau lumineux.

Amusée par cette naïveté apparente, elle décida de jouer le jeu.

— Ressources humaines ?

— Non, mais pas loin. Recherche et développement. Et toi ?

— Marketing, je suis directrice.

— Tu dois être très douée pour avoir un poste

pareil si jeune.

— Je suis diplômée depuis longtemps, et j'ai beaucoup d'expérience.

Tandis qu'ils parlaient, le monde autour d'eux s'effaçait comme une aquarelle diluée par la pluie. La meute d'exécutifs, incrédule, observait leur proie la plus convoitée se livrer de son plein gré au plus improbable des chasseurs. Les murmures serpentaient entre les verres : "Comment est-ce possible ?", "Il doit avoir quelque chose qu'on ne voit pas ". Certains tentaient de feindre l'indifférence, mais leurs regards trahissaient une curiosité presque douloureuse face à ce bouleversement des règles sociales.

Laura, parfaitement consciente du chaos qu'elle provoquait, savourait l'instant avec une malice presque enfantine. L'authenticité de Luis l'avait captivée autant que sa beauté avait captivé les autres. Lui, de son côté, se sentait comme un gagnant d'une loterie à laquelle il n'avait même pas acheté de billet.

À la fin de la soirée, lorsque les verres vides tintaient comme des cloches de victoire, Laura prit la main de Luis avec une détermination qui la surprit elle-même. Elle l'entraîna hors du salon, dans une nuit prometteuse, où elle comprendrait que parfois, le silence parle plus fort que mille mots, et que les vraies passions ne rugissent pas toujours comme des loups, mais chuchotent comme un secret jalousement gardé.

Chapitre Cinq

Le Pianiste du Silence

Le Bar Tayrona, avec ses murs écaillés et ses ventilateurs qui tournaient lentement, tels des hélices épuisées, était le dernier refuge de la vieille musique à Getsemani. Chaque soir, Daniel s'installait devant un piano à queue noir, vestige d'une époque plus glamour, et laissait ses doigts courir sur les touches, comme en quête d'un fragment perdu dans l'air.

Depuis le balcon de la maison coloniale d'en face, entre des bougainvilliers débordant en cascades mauves, Elena l'observait avec la fascination de quelqu'un déchiffrant une partition secrète. Sa silhouette, découpée par la lumière jaune de sa chambre, faisait désormais partie du paysage nocturne du quartier.

— Je vous jure que c'est la plus belle histoire d'amour que j'aie jamais vue, disait Doña Carmen, une femme respectée comme une matriarche dans le quartier, appuyée sur l'encadrement de sa porte. Il joue uniquement pour elle.

— Et elle n'apparaît sur son balcon qu'aux premières notes du piano, ajouta Joaquín, le vieux serveur qui servait du rhum avec l'élégance d'un chef d'orchestre imaginaire. On voit l'amour sur leurs visages, même depuis ma table.

Les voisines soupiraient en assistant à cette scène répétée chaque soir : Daniel, impeccable dans sa guayabera blanche, une chemise traditionnelle des Caraïbes, les tempes argentées, jouant tout en regardant vers le balcon ; Elena, vêtue de ses robes fleuries, absorbant chaque mouvement de ses mains sur les touches.

Personne dans le quartier ne se doutait que Daniel n'avait jamais entendu ses propres mélodies. Une méningite l'avait rendu sourd enfant, mais sa mère, elle-même pianiste, lui avait appris à sentir la musique au bout des doigts, dans chaque vibration des touches.

Elena, depuis son balcon, n'entendait pas non plus une

seule note. Un accident l'avait plongée dans un monde de silence, mais elle avait appris à "écouter" la musique dans les mains de Daniel, dans les oscillations de son corps, et dans la manière dont les lumières tamisées du bar se reflétaient sur son front perlé de sueur. Chaque soir, en le regardant jouer, elle plissait légèrement les yeux, convaincue que cela l'aidait à déchiffrer chaque mesure qu'il composait.

— Ils ne se parlent jamais ? demanda une étrangère, surprise par une telle connexion muette.

— Qui sait s'ils en ont besoin, répondit Doña Carmen en haussant les épaules. Moi, ça me suffit de les voir.

Une nuit d'octobre, si chaude que la brise semblait n'être qu'un murmure épuisé, Elena descendit les escaliers de sa maison, traversa la rue pavée et entra dans le bar au moment même où Daniel jouait une mélodie qui évoquait un boléro, une ballade d'amour, ou peut-être un mélange des deux.

Aussitôt, les clients se turent. Même le rhum n'osait plus clapoter dans les verres. Daniel leva les yeux du piano et croisa ceux d'Elena pour la première fois, sans le filtre du balcon. Alors, elle bougea ses mains dans l'air, traçant des signes qu'il comprit instantanément. Sans hésiter, Daniel répondit avec la même délicatesse, abandonnant les touches pour converser dans cette langue silencieuse qu'ils partageaient tous deux.

— Que font-ils ? souffla une jeune femme derrière le bar, intriguée.

— Ils se disent tout, répondit Joaquín, avec un sourire

qui plissait son visage. C'est le langage des signes… Ils sont tous les deux sourds.

À cet instant, Daniel se leva, prit les mains d'Elena, et dans ce silence où eux seuls entendaient la plus pure des musiques, ils commencèrent à danser. Le piano resta muet, mais quelque chose continuait de résonner dans l'air : une vibration, une pulsation dans la manière dont leurs corps bougeaient à l'unisson.

Doña Carmen laissa échapper un sanglot attendri. Les vieilles du quartier s'essuyaient des larmes d'émotion. Pour Daniel et Elena, il était clair que la musique ne résidait jamais dans les sons : elle vivait dans le frisson de leurs doigts, dans la chaleur de leurs regards, dans ce rythme qu'ils marquaient ensemble, sans besoin d'entendre une seule note.

Chapitre Six

Le Silence de Teresa

Depuis sa fenêtre, Teresa avait vu passer plus de promesses que de saisons. Sa maison, perchée à un coin de la place principale, était l'endroit idéal pour observer comment le pouvoir changeait de visage, mais jamais de vices. Ses rides dessinaient une carte de désillusions, et ses yeux étaient des puits profonds où les mensonges venaient s'abîmer.

Les habitants du village la respectaient, non pour ce qu'elle disait, mais pour ce qu'elle taisait. Teresa gardait les secrets des gens comme des pièces de monnaie anciennes, sachant précisément quand et comment les utiliser. Depuis sa chaise à bascule, elle assistait au bal éternel des dirigeants : des candidats qui arrivaient avec des sourires éclatants et repartaient en laissant derrière eux des promesses brisées ; des fonctionnaires qui juraient le changement, mais n'offraient que la continuité déguisée.

La visite du candidat favori était inévitable. Il arriva un après-midi suffocant, où la chaleur faisait fondre les mensonges presque aussi vite qu'ils étaient prononcés. Son cortège ressemblait à un cirque ambulant : conseillers en costumes voyants, photographes agités et une foule d'adulateurs aux applaudissements mécaniques. Teresa les accueillit avec la sérénité de quelqu'un qui en avait vu beaucoup passer et repartir.

Le candidat, sûr de lui, s'installa face à elle avec l'arrogance de celui qui n'envisage pas le rejet. Teresa servit le thé dans des tasses si anciennes qu'elles avaient entendu plus de promesses que n'importe quelle urne électorale.

— Doña Teresa, commença-t-il avec son plus beau sourire. Cette fois, tout sera différent, je vous l'assure.

— Différent ?

Teresa versa le thé sans se presser.

— Comme lorsque ton père est venu me promettre la

même chose ? Ou ton grand-père ?

Le candidat remua, mal à l'aise, sur son siège.

— Les temps ont changé. Nous avons des projets, des plans...

— Tu sais ce qu'il advient des promesses vides ? l'interrompit Teresa. Le vent les emporte, mais les cicatrices restent.

Il avala difficilement sa salive.

— Je vous assure que mes intentions...

— Le peuple n'oublie pas, mon garçon, coupa-t-elle doucement. Les promesses, comme le vent, passent et repassent, mais elles n'étanchent jamais la soif.

— Avec tout le respect que je vous dois, madame, vous ne comprenez pas la politique moderne.

Teresa sourit, avec la sagesse de nombreuses décennies.

— Non, fils. C'est toi qui ne comprends pas que le pouvoir est emprunté, tandis que la mémoire du peuple est éternelle.

Ses mots tombèrent comme des pierres dans un étang. Le candidat, habitué à contrôler chaque conversation, se retrouva sans réplique. Son entourage, jusque-là bruyant, sombra dans un silence total. Teresa continua à servir le thé, comme si elle ne parlait que du temps qu'il faisait.

La visite se termina sans cérémonie. Le candidat et son cortège s'en allèrent, laissant derrière eux une traînée de promesses et d'orgueil blessé. Depuis sa fenêtre, Teresa observa le vent emporter aussi bien les feuilles mortes que les mensonges.

— Les vents tournent, mais les racines restent, murmura-t-elle, tandis que la nuit tombait sur le village comme une vieille couverture.

Dès ce jour, le pouvoir apprit à contourner la maison de Teresa. Son silence devint un monument plus respecté que n'importe quelle statue de la place, car tout le monde savait que dans ce silence résidait une vérité qu'aucun discours politique ne pouvait effacer : le pouvoir est éphémère, mais la mémoire du peuple est éternelle.

Chapitre Sept

Les Murmures de Clara

La bibliothèque municipale était le royaume silencieux de Clara, un labyrinthe d'étagères où les vérités interdites se révélaient à découvert. Ses pas légers et précis arpentaient les allées avec l'assurance de celle qui connaît chaque recoin.

— Les meilleurs livres ne sont pas sur les étagères, murmura-t-elle un après-midi à Pedro, un garçon de douze ans venu chercher dans les pages autre chose que de simples histoires.

L'inspecteur González, assis à son bureau près de l'entrée, leva les yeux avec méfiance. Les papiers en désordre devant lui semblaient une excuse pour scruter chaque mouvement.

— De quoi parlez-vous ? demanda-t-il en arquant un sourcil.

— Je lui recommande les fables approuvées, comme toujours, répondit Clara avec un sourire tranquille.

Pedro baissa les yeux, mais son esprit restait occupé par ces paroles. Il y avait quelque chose dans le ton de Clara, une étincelle qui allumait des questions impossibles à éteindre.

Au crépuscule, alors que le soleil perçait timidement à travers les hautes fenêtres et que l'inspecteur somnolait sous l'effet de la chaleur, Clara entraîna l'enfant vers les profondeurs du sous-sol.

— Mon mari et moi avons commencé à les cacher quand les autodafés ont débuté, chuchota-t-elle en descendant un escalier grinçant qui semblait protester à chaque pas.

— Quels autodafés ? demanda Pedro, essayant d'habituer ses yeux à la pénombre qui enveloppait l'endroit.

— Ceux des livres, des idées, des rêves, expliqua Clara en déplaçant une étagère pour révéler une pièce secrète. Chaque livre ici est un rescapé.

La poussière dansait dans les rayons de lumière filtrant par une fente, créant une atmosphère presque sacrée. La pièce était remplie d'œuvres interdites : des poèmes exaltant la liberté, des récits portant des vérités dérangeantes, des traités philosophiques apprenant à penser.

— Pourquoi me montrez-vous cela à moi ? murmura Pedro, caressant avec révérence les reliures poussiéreuses.

— Parce que je vois dans tes yeux la même soif de vérité que je voyais dans ceux de mon Antonio, répondit Clara en retirant ses lunettes, révélant un regard chargé de souvenirs. Avant qu'ils ne me l'enlèvent.

Le silence emplit la pièce, mais ce n'était pas un silence lourd ; c'était un pacte tacite entre générations. Dès lors, Pedro revint régulièrement à la bibliothèque, et bientôt d'autres enfants suivirent, soigneusement sélectionnés. Clara leur apprenait à lire entre les lignes, à poser des questions, à mémoriser les vérités interdites comme des trésors précieux.

Un jour, l'inspecteur González s'approcha avec une expression sévère.

— Les enfants posent des questions étranges à l'école, Clara.

— Les enfants posent toujours des questions, inspecteur. C'est dans leur nature.

— La nature peut être dangereuse, tout comme les mauvais livres, avertit-il en se penchant sur le bureau.

— Aussi dangereuse que la peur des questions, répliqua-t-elle d'une voix douce, mais ferme.

Cette nuit-là, Clara et les enfants déplacèrent les livres

vers une nouvelle cachette. Chaque caisse transportée était un témoignage de résistance. Une semaine plus tard, lorsque les inspecteurs envahirent le sous-sol, ils ne trouvèrent que de la poussière et des étagères vides. Pendant ce temps, les mots interdits continuaient à se propager en murmures dans les classes et les ruelles du village, germant dans l'esprit d'une génération avide de liberté.

Des années plus tard, quand le régime finit par tomber, personne ne relia la révolution à la vieille bibliothécaire qui continuait à cataloguer des livres avec une précision méticuleuse. Seuls les enfants, devenus adultes, savaient que cette force, née d'un murmure dans un sous-sol poussiéreux, avait fait tomber des murs que les armes n'avaient jamais pu ébranler.

Les Armes Du Quotidien

Silas Dakar

Résistance et Justice Sociale

Silas Dakar

Chapitre Huit

Le Crir
Des Champs

La terre collait aux mains de Ruben, noire et fertile, comme une seconde peau, témoin silencieux de générations de labeur familial. Le sillon qu'il creusait était profond, comme les cicatrices d'injustice qui marquaient l'histoire de ces champs.

— Ton père savait travailler cette terre, dit le patron depuis la fenêtre de son 4x4 flambant neuf. Il savait respecter les hiérarchies.

Ruben continua de creuser, chaque coup de sa houe une réponse silencieuse.

— Les temps changent, patron, dit-il sans lever les yeux.

— La terre ne change pas, Ruben, déclara le patron en allumant un cigare importé. Pas plus que ceux qui en sont les maîtres.

Dans le sillon voisin, Mariela agrippa le manche de son outil avec une telle force que ses jointures devinrent blanches. Son fils Juan jouait non loin, bâtissant des châteaux avec cette même terre qui refusait de leur appartenir. Mariela leva les yeux vers l'horizon, où les ombres des collines semblaient garder un secret que seuls les paysans pouvaient comprendre. Le chant des grillons emplissait l'air, accompagné par le crissement de la terre sous les outils.

Cette nuit-là, dans la maison communale éclairée par des lampes à pétrole, les paysans se rassemblèrent. L'air sentait le café fraîchement préparé et la fatigue accumulée.

— Jusqu'à quand, Ruben ? demanda Don Jacinto, ses mains tremblantes tenant une tasse ébréchée. J'ai perdu mon fils dans ces champs. Jusqu'à quand continuerons-nous à semer des rêves sur une terre empruntée ?

Ruben regarda autour de lui, observant les visages burinés par le soleil et l'attente. Chaque ride racontait une histoire, chaque cicatrice parlait de sacrifices oubliés.

— La terre a une mémoire, répondit-il. Elle se souvient

de ceux qui la travaillent vraiment.

— Ce que tu proposes est dangereux, intervint un jeune homme aux mains couvertes de cicatrices. Tu sais ce qui s'est passé dans la hacienda voisine.

— Ce qui est plus dangereux, c'est que nos enfants héritent de nos chaînes, répliqua Mariela depuis le fond de la pièce, son fils endormi dans ses bras.

Ses paroles résonnèrent dans le silence épais de la salle. Les présents échangèrent des regards mêlant détermination et peur.

La résistance germa comme les plantes : à la racine. D'abord par de petits gestes : des graines mises de côté, des outils qui disparaissaient, des récoltes mystérieusement moins abondantes. La tension monta, comme un murmure porté par le vent et la terre. Le craquement du vieux plancher dans la maison communale devint le témoin des réunions clandestines et des chuchotements conspirateurs.

Le contremaître fut le premier à remarquer les changements.

— Il se passe quelque chose, patron. La terre ne donne plus autant.

— Ce sont eux, répondit le patron, son cigare tremblant de rage. Ils préparent quelque chose.

Un matin, avant que le soleil ne caresse les collines, les paysans occupèrent les champs. Il n'y eut ni violence ni cris. Seulement des centaines d'hommes et de femmes, debout sur cette terre qu'ils avaient arrosée de leur sueur pendant des générations. La rosée brillait sur les feuilles comme si la terre elle-même pleurait de soulagement.

Le patron arriva avec la police, mais il se heurta à un mur de silence. Les paysans continuèrent simplement à travailler, ignorant les menaces et les ordres d'expulsion.

— Cette terre a une mémoire, dit Ruben lorsque le patron exigea de lui parler. Et elle se souvient de qui l'a réellement travaillée.

Les négociations durèrent des semaines. Lorsque l'accord de propriété partagée fut enfin signé, Mariela retrouva Ruben dans le même champ qu'à l'habitude.

— Est-ce que ça en valait la peine ? demanda-t-elle.

Ruben prit une poignée de terre et la laissa glisser entre ses doigts, comme des grains d'un sablier naturel.

— La terre sait, Mariela. Elle savait depuis toujours qu'elle finirait par nous appartenir.

Chapitre Neuf

La Légende de Camila

Au cœur du quartier, où les rues conservaient encore le parfum des histoires anciennes, Camila pétrissait des rêves dès l'aube. Ses mains, durcies par des années de travail et d'espoir, maîtrisaient le langage secret de la farine et de la levure. Elle n'était pas seulement boulangère : elle était la gardienne d'une tradition qui nourrissait bien plus que des estomacs.

Sa boulangerie, humble mais impeccable, était le premier lieu à s'animer chaque jour. Bien avant que le soleil n'ose pointer son nez, l'arôme du pain fraîchement sorti du four s'insinuait dans les rues comme une étreinte chaleureuse, mélangeant des notes sucrées qui réconfortaient l'âme et promettant une croûte dorée et croustillante à chaque bouchée. On disait que son pain contenait un ingrédient secret impossible à reproduire, mais Camila se contentait de sourire lorsque quelqu'un le mentionnait. Peut-être était-ce son habitude d'écouter les histoires de chaque client, de recueillir leurs peines et leurs joies comme on garde précieusement une pâte mère : avec soin et dévotion.

Le quartier entier réglait sa vie sur le rythme de son four : les ouvriers savaient qu'il était temps de partir au travail lorsque le premier pain sortait, les enfants couraient à l'école avec des poches pleines de petits pains sucrés, et les après-midi s'achevaient sur l'arôme de la dernière fournée. Camila ne vendait pas seulement du pain ; elle offrait de la dignité dans chaque miche, de l'espoir dans chaque brioche.

Quand le nouveau maire, enivré de pouvoir et avide de contrôle, imposa une taxe excessive aux boulangers, il ne se doutait pas qu'il trouverait sa plus grande opposition en une femme qui ne mesurait qu'un mètre soixante. La nouvelle se répandit dans le quartier comme un orage imprévu, et Camila, animée d'une détermination qui surprit même ceux qui la connaissaient depuis toujours, convoqua tous les boulangers dans sa boutique.

— Que va-t-on faire, Camila ? demanda Don Pedro, le plus ancien d'entre eux, en essuyant ses mains éternellement blanchies par la farine sur son tablier usé.

Camila, d'une voix puisant sa force dans des générations de boulangers avant elle, répondit :

— Si aujourd'hui ils nous prennent le pain, demain ils nous priveront de l'air que nous respirons. Nous ne pouvons pas le permettre !

Alors que d'autres boulangers acceptèrent la taxe avec résignation, ployant sous le poids d'une nouvelle injustice, Camila resta aussi solide que son meilleur pain. Elle organisa une grève silencieuse, une protestation mesurée non pas par des cris, mais par des silences.

Le lendemain, la ville s'éveilla à un silence pesant. Il n'y avait pas d'arôme de pain chaud, pas de chaleur sortant des boulangeries, pas de ce rituel quotidien qui marquait le pouls même de la vie. Les rideaux métalliques baissés de chaque boulangerie ressemblaient à des paupières closes refusant de voir davantage d'injustice. Le silence était assourdissant.

Le mécontentement grandit comme une pâte bien levée. Les habitants commencèrent à comprendre que le pain n'était pas qu'un aliment ; il était le symbole de quelque chose de plus profond : la dignité d'un travail honnête, le droit de gagner sa vie à la sueur de son front. Comme une pâte qui a besoin de temps pour fermenter, la résistance du quartier gagna en force jour après jour.

Lorsque le maire fut finalement contraint de retirer la taxe, vaincu par la volonté d'une femme qui avait fait du pain un symbole de résistance, Camila retourna à son four. Ce matin-là, elle plaça une pancarte dans sa vitrine disant simplement : "Aujourd'hui, le pain est gratuit."

Les larmes coulèrent sur les visages des clients, se mêlant aux miettes qu'ils tenaient entre leurs mains. Dans chaque sourire, dans chaque regard, on lisait une même vérité : ils avaient récupéré bien plus que leur pain ; ils avaient retrouvé leur dignité.

C'est ainsi que naquit sa légende. Ce jour-là, le pain de Camila eut un goût plus sucré que jamais, car il était pétri avec la liberté et la solidarité partagée. Ceux qui en goûtèrent comprirent que la dignité, comme la pâte levée, demande du temps et du courage pour grandir ; et que parfois, la plus grande force émerge d'un humble four dans une rue quelconque. Depuis ce jour, chaque miche de pain sortie de ses mains portait un message clair: un quartier nourri d'espoir ne se laissera plus jamais façonner par l'injustice.

Chapitre Dix

Les Rouges de la Liberté

Dans le village, le temps avait son sanctuaire : l'atelier de Don Esteban. Les murs étaient couverts de montres anciennes : certaines à pendule, d'autres aux aiguilles usées, toutes résonnant d'un tic-tac harmonieux qui insufflait la vie à cet endroit. Le vieil horloger y avait bâti son empire de rouages et de secondes, un refuge où ses mains, aussi précises que les mécanismes qu'il réparait, transformaient chaque pièce abîmée en une mélodie parfaitement réglée.

Chaque matin, les habitants ajustaient leurs montres au son des carillons qui sortaient de son atelier : une tradition aussi ancienne que la place centrale du village elle-même.

— Les montres sont comme les gens, Ricardo, disait Don Esteban à son jeune apprenti, tout en ajustant un mécanisme délicat sur l'établi. Certaines sont en avance, d'autres en retard, mais toutes peuvent être réglées si l'on touche les bonnes pièces.

Ricardo, toujours curieux, voyait en son maître un alchimiste qui transformait les secondes en espoir, tissant patiemment les rouages invisibles du destin du village. Il l'écoutait religieusement, fasciné par ces mains ridées qui, à l'aide de tournevis miniatures et de loupes expertes, transformaient le chaos en ordre et la lenteur en ponctualité parfaite.

Au crépuscule, la cloche de la porte retentit : Carmen, la fleuriste de la place, entra avec un petit paquet enveloppé de papier journal.

— Don Esteban, les graines que vous avez demandées sont arrivées, annonça-t-elle en les déposant sur le comptoir.

— Les roses jaunes ? demanda l'horloger sans lever les yeux du mécanisme ouvert devant lui.

— Oui, et aussi les œillets rouges, répondit la fleuriste, les mains tachées de terre, avec une voix douce, mais pleine de détermination. Elle jeta un regard significatif vers l'arrière-boutique.

Ricardo, qui nettoyait soigneusement la vitrine, ne comprenait pas l'intérêt soudain de son maître pour le jardinage.

Quand la nuit tombait, l'atelier de Don Esteban se transformait en un théâtre d'intrigue et de révolution. Sous la lumière vacillante des lampes à huile, les horloges désossées devenaient le décor de murmures traçant les plans d'un changement inévitable. Derrière un vieux rideau, l'arrière-boutique devenait le cœur d'un projet qui se mesurait en tic-tac et en rouages discrets. Álvaro, un étudiant en ingénierie au regard vif, se réunissait là avec d'autres jeunes. Tous entouraient le vieil homme, qui dévoilait la magie des montres transformées en quelque chose de bien plus qu'un simple indicateur de temps.

— Chaque montre est une clé, murmurait Don Esteban en pointant les mécanismes qu'il avait modifiés. Et chaque clé ouvrira une porte vers la liberté.

— Vous pensez qu'ils pourraient soupçonner quelque chose ? demanda Manuel, le plus prudent du groupe, lors d'une nuit où le village semblait enveloppé dans un silence lourd.

— Qui pourrait se méfier d'un vieil horloger ? répondit Don Esteban avec un sourire presque paternel. Pour eux, je ne suis que le gardien du temps.

Peu à peu, la résistance clandestine prit racine. Les montres modifiées quittaient l'atelier dans de belles boîtes, et bien qu'elles paraissent ordinaires, leurs aiguilles marquaient bien plus que les heures. Don Esteban avait transformé le passage même du temps en une stratégie de rébellion.

— Maître, pourquoi autant de nouvelles pièces ? osa demander Ricardo en voyant les piles d'horloges entassées dans l'atelier.

— Parce qu'il arrive que le temps ait besoin d'un coup de pouce, répondit le vieil homme en fixant un rouage particulièrement complexe. Et nous sommes là pour le lui donner.

Le jour fatidique arriva avec la précision d'un chronomètre suisse. À minuit, alors que le village dormait, les montres de Don Esteban s'activèrent en parfaite synchronisation. Une symphonie de tic-tac s'intensifia, vibrant dans l'air comme le prélude d'une tempête, jusqu'à ce que retentisse le rugissement assourdissant des explosions. Des étincelles et des éclairs illuminèrent la nuit, tandis que l'écho de chaque détonation se propageait comme un cri de liberté à travers la vallée.

Depuis chaque coin du village, des colonnes de fumée s'élevaient comme autant d'horloges marquant l'aube d'une nouvelle ère. Chaque explosion rythmait une révolution qui avait pris racine entre les rouages et les aiguilles des montres de Don Esteban.

Le temps, leur éternel allié silencieux, battait désormais le tempo d'une liberté nouvelle. Don Esteban sourit, sachant que toute révolution, comme les meilleures montres, exige précision et patience.

Chapitre Onze

Les Semences de Sofía

Perchée au sommet de la colline, la maison de Sofía n'était pas une simple demeure : elle s'élevait comme un phare diffusant des éclats d'histoires et d'espoir sur toute la vallée. Ses fenêtres, toujours grandes ouvertes, laissaient filer des fragments de récits que le vent portait jusqu'aux recoins les plus sombres du village.

Chaque après-midi, un chœur de pas d'enfants montait la

rue escarpée pour s'installer dans le petit patio de l'ancienne, où ses paroles tissaient des mondes que la censure ne pouvait contenir. Maria, une fillette aux tresses rebelles et aux questions incisives, arrivait toujours la première. Elle avait perdu ses parents lors des protestations de l'année précédente et trouvait dans les histoires de Sofia des indices et des réponses que personne d'autre n'osait aborder.

— Racontez-nous encore celle du roi qui avait peur, demandaient les enfants, les yeux brillants de curiosité.

Sofia, dont les yeux abritaient la mémoire de trois générations, souriait et commençait toujours par sa phrase habituelle :

— Il était une fois un royaume où le silence était loi, mais souvenez-vous, les enfants, le silence a des échos.

Les adultes qui passaient faisaient mine de ne rien entendre, mais leurs pas ralentissaient, et leurs oreilles, attentives, captaient chaque mot. Les récits de Sofia étaient comme des pierres jetées dans un étang : les ondes s'étendaient bien au-delà de ce que l'on pouvait prévoir.

— Pourquoi le roi avait-il si peur ? osa demander un jour le petit Lucas.

— Parce que les histoires sont des graines, répondit Sofia en lançant un regard significatif aux parents qui s'étaient arrêtés sur le trottoir. Et les graines, tôt ou tard, fleurissent.

Le boulanger, Tomas, trouva le courage de s'approcher un après-midi, juste après avoir fermé sa boutique.

— Vos récits me rappellent une autre époque, Doña Sofia, dit-il avec nostalgie.

— Les histoires sont comme le pain, Tomas : elles nourrissent l'âme, répondit-elle, sa voix empreinte d'une sagesse intemporelle.

Peu à peu, ces récits prirent une vie propre. Les enfants les répétaient à la maison, les adultes les murmuraient après le dîner, et les voisins les transmettaient de bouche à oreille dans les ruelles pavées. Les mots devinrent des idées, et les idées, des actions.

Un après-midi, les militaires encerclèrent la place. Le poids du silence et de la peur semblait étouffer le village, mais Sofia, assise dans son patio, contait l'histoire d'un peuple qui avait surmonté sa peur. En réponse, les voisins sortirent sur leurs balcons. Pas pour crier, ni pour affronter les soldats, mais pour raconter des histoires. Des centaines de voix s'unirent, récitant à l'unisson les récits que Sofia avait semés.

Maria, maintenant plus grande et avec des tresses plus longues, serra la main de l'ancienne.

— Vous voyez, Doña Sofia ? Vos histoires sont plus fortes que leurs armes.

Sofia sourit, sachant que les révolutions, comme les plus belles histoires, commencent par "Il était une fois" et se concluent par un peuple retrouvant sa voix.

Chapitre Douze

Le Dernier Filet

À quatre heures du matin, tandis que les étoiles scintillaient encore au-dessus de La Boquilla, un petit village côtier colombien célèbre pour ses pêcheurs et ses traditions ancestrales, le vieux Ernesto était déjà sur sa barque. Le moteur, fatigué, toussait entre les vagues, tandis que le filet dansait dans l'eau tel un fantôme argenté. C'était la même routine : la mer, le ciel, et l'espoir d'une bonne pêche avant que le soleil ne déchire l'horizon.

À la même heure, de l'autre côté de la ville, le maire Martinez prenait congé d'investisseurs étrangers au bar de l'Hôtel Caribe, symbole de luxe et de réunions d'affaires dans les villes côtières. Entre whisky importé et promesses de profit, ils déployaient des plans brillants sur la table, désignant avec enthousiasme un rendu spectaculaire.

— Regardez, monsieur le maire, dit l'un des hommes avec un accent étranger, cette zone de plage est parfaite pour le quai du nouveau complexe.

— C'est le projet du siècle, s'enthousiasma le maire, desserrant légèrement sa cravate. Marina Real sera le joyau des Caraïbes. Imaginez le nombre d'emplois que cela créera !

Lorsque le soleil était déjà haut, Ernesto revint sur la rive. À l'ombre d'un vieil amandier, il réparait son filet tandis qu'une vieille radio crachotait des vallenatos, ce genre musical colombien mêlant accordéon, caisse et guacharaca, entrecoupés de nouvelles.

— Progrès pour tous ! proclamait la voix du journaliste. Le méga projet générera plus de mille emplois !

— Progrès ? murmura Ernesto en nouant un fil avec la patience de quelqu'un qui a entendu trop de promesses. Comme si les poissons allaient nager dans du béton.

Ses doigts, noueux comme des racines de mangrove, continuaient à tisser avec la précision acquise au fil d'un demi-siècle de métier. C'est alors que Tonito, son petit-fils de douze ans, accourut avec un journal froissé à la main.

— Regardez, grand-père ! Ici, il y a une photo de l'hôtel qu'ils veulent construire, dit l'enfant avec enthousiasme, tendant le journal à Ernesto.

Ernesto enfila ses lunettes, jeta un coup d'œil à l'image montrant le maire Martinez coupant un ruban inaugural avec des ciseaux dorés, puis rendit le journal sans détourner les yeux de son filet.

— Et toi, as-tu décidé pour le cours de bagagiste au SENA ? demanda-t-il calmement.

— Le professeur du SENA, le Service National de Formation en Colombie offrant une éducation technique gratuite, dit qu'on aura des uniformes et tout, répondit l'enfant, les yeux brillants d'espoir pour l'avenir.

L'après-midi s'étirait, chaude et lourde, lorsque Marcos, le restaurateur touristique, arriva vêtu d'une chemise hawaïenne et de chaussures si brillantes qu'il semblait inconcevable qu'elles aient un jour foulé une barque.

— Don Ernesto, j'ai une proposition pour vous, dit-il en sortant une enveloppe de sa poche. Les investisseurs veulent acheter toutes les barques pour organiser des excursions dans la baie.

— Des excursions ? releva Ernesto, levant les yeux. Et les poissons, alors ?

— C'est l'ère moderne, Don Ernesto. Les gens préfèrent le saumon importé. Ce qu'on pêche ici ne se vend plus, répondit Marcos, haussant les épaules comme si ce n'était qu'une question de mode.

En arrière-plan, on entendait le grondement des premières pelleteuses qui attaquaient la plage où, des décennies auparavant, le père d'Ernesto lui avait appris à lire les marées.

Silas Dakar

Tradition et Culture

Silas Dakar

Chapitre Treize

Les Couleurs du Carnaval

La maison de Rosa exhalait l'odeur de poudres compactes et de colle spéciale utilisée pour fixer les sequins sur les costumes de la troupe del Congo Grande, une troupe de carnaval traditionnelle aux influences africaines. Entre ses murs aux couleurs délavées, un vieux ventilateur découpait la chaleur en tranches, tandis que dans la pièce principale, tambours et gaita, un instrument à vent afro-caribéen, résonnaient en réglant les derniers détails pour le grand défilé du carnaval.

Juste devant la maison, Rosa retouchait la base blanche du maquillage de Miyoral, la reine de la troupe, dont le visage ressemblait encore à un masque à moitié terminé. Malgré cela, la jeune femme continuait de bouger avec une grâce inébranlable.

— Ne bouge pas trop, ma reine, dit Rosa en levant son pinceau. Si tu transpires, tout va couler, et même les paillettes ne te sauveront pas.

Miyoral poussa un soupir et jeta un coup d'œil furtif à l'intérieur de la maison, où la musique et les éclats de rire semblaient rendre l'atmosphère encore plus étouffante. Les tambours battaient au rythme de son cœur.

— Je veux juste que tout soit parfait, murmura-t-elle en fixant un point invisible.

À l'intérieur, Daniel égayait la fête avec quelques blagues et une bouteille d'aguardiente, une boisson alcoolisée typique et forte, tandis que Pacho, le chef des tambourinaires, martelait ses rythmes avec une telle énergie que le sol vibrait, comme s'il voulait se joindre aux réjouissances.

— Eh, Rosa ! cria Daniel depuis la salle. Alors, elle est prête, notre Miyoral ? Elle est belle ou pas ?

— Silence, je l'enduis encore ! répondit Rosa avec un sourire.

Puis, sans élever la voix, elle ajouta pour Miyoral :

— J'ai presque fini.

Miyoral, habituellement rayonnante, semblait cette fois un peu inquiète. Ses yeux allaient et venaient entre la rue et le miroir, comme si elle cherchait des réponses dans les deux.

— Et Mono ? demanda-t-elle en balayant la rue du regard. Il devait venir me chercher pour répéter le dernier pas.

— Ton frère ne va pas tarder, répondit Rosa en glissant une fleur en papier dans ses cheveux. Tu sais comment il est, toujours à faire la fête.

Soudain, un bruit sourd déchira l'air : trois coups secs qui figèrent l'ambiance comme un éclair. Miyoral sursauta, portant la main à sa poitrine. Pendant un instant, le monde sembla suspendu, laissant l'écho des coups flotter dans l'air lourd.

— Qu'est-ce que c'était ? balbutia Rosa.

Puis un cri perça le silence :

— Mono ! Ils ont tué Mono !

Pour Miyoral, le monde s'effondra. Elle resta figée, la fleur pendant sur le côté de sa tête, tandis qu'elle sentait le maquillage couler, mêlé à une larme qui glissait sur sa joue. Une larme épaisse, chargée de poudre et d'huile, traînant derrière elle une traînée blanche sur la base.

Daniel sortit de la maison, un sourire qui s'effaça immédiatement en voyant l'expression de Miyoral.

— Qu'est-ce qui se passe ? demanda-t-il, troublé, en regardant vers la rue où la foule commençait à se rassembler. Quoi ?

Pacho, qui s'était approché lui aussi, resta pétrifié devant le corps de Mono, étendu sur l'asphalte. Ses doigts lâchèrent son tambour.

— Mon Dieu… murmura-t-il.

Rosa, encore son pinceau en main, contempla la scène : les cris dehors, le silence déchirant de Miyoral, la musique brutalement interrompue. Elle avala difficilement et souffla avec amertume :

— Bordel… Le maquillage ne sert pas qu'à cacher les visages ; il dissimule aussi les chagrins. Et le carnaval, même s'il peint la tristesse en couleurs, ne l'efface jamais complètement.

Chapitre Quatorze

Les Lamentations des Plantations de Café

À la ferme du Paradis, nul n'osait s'aventurer une fois le soleil couché. Les cueilleurs de café quittaient les lieux dès que le soleil effleurait l'horizon, laissant les collines sombrer dans l'obscurité. Même les chiens cherchaient refuge avant que la nuit ne recouvre les champs de caféiers de son voile ténébreux. Don Jacinto, l'administrateur de la ferme, observait cet exode quotidien depuis le porche de la grande maison, une tasse de café entre ses mains burinées.

— Il n'y a rien à faire, mon garçon, dit-il un soir à Alfonso, le nouveau contremaître. Ces gens affirment qu'un spectre rôde dans ces lieux. Mon grand-père racontait déjà ça quand j'étais gamin. D'après eux, il y a vingt ans, dans ces mêmes plantations de café, un chef d'équipe a battu une jeune fille si brutalement qu'elle a perdu une jambe… et, depuis, on entend encore ses cris quand la nuit tombe.

Alfonso, habitué aux légendes de son village de l'autre côté de la montagne, haussa les épaules, mais un frisson lui parcourut l'échine.

— Vous savez ce que c'est, Don Jacinto. Les gens ont besoin de fantômes pour justifier leurs peurs.

Don Jacinto émit un ricanement.

— C'est ce que je pensais aussi. Mais ici, même les chiens n'osent pas aboyer une fois la nuit tombée.

Le lendemain matin, ils prenaient le petit-déjeuner dans la vaste cuisine, où le feu de bois et les casseroles en étain suspendues aux poutres donnaient une allure chaleureuse à l'espace.

— Écoute, Alfonso, dit Don Jacinto, ne te laisse pas distraire par ces histoires de revenants. Aujourd'hui, il faut s'assurer qu'aucun grain de café ne se perde.

— Bien, monsieur. Mais qu'en est-il des vols nocturnes ?

Don Jacinto but une gorgée de café, aussi amer que

ses pensées.

— Des sacs entiers disparaissent du jour au lendemain. Le patron pense que quelqu'un se fait passer pour la "Patasola", une figure mythologique colombienne décrite comme l'esprit vengeur d'une femme amputée, pour effrayer les cueilleurs et voler le café sous le couvert de la nuit.

— Ce soir, je reste jusqu'à minuit pour découvrir ce qui se passe vraiment.

— Sérieusement, Alfonso ? Même les contremaîtres avant toi n'ont jamais osé rester quand la nuit tombe.

Alfonso se leva et resserra les lacets de ses bottes.

— Ma mère a perdu une jambe il y a trois mois à cause du diabète. Elle est alitée dans une cabane de l'autre côté de la montagne. Si j'ai appris quelque chose, c'est que parfois, la peur ne sert à rien.

— Tu as raison, garçon, répondit Don Jacinto en lui tapotant l'épaule. Mais… fais attention tout de même.

Lorsque la pleine lune transforma les plantations de café en une mer argentée, Alfonso resta pour surveiller les sacs et les outils. Armé d'une lampe de poche et d'une machette, il tentait de se rassurer. Le vent sifflait entre les caféiers comme une plainte ancienne, et le craquement des feuilles sèches ressemblait à des murmures porteurs de secrets nocturnes.

D'abord un murmure, puis un gémissement, qui devint un cri déchirant glaçant le sang.

— Qui est là ? lança-t-il, sa voix tremblante.

L'air s'épaississait, pesant sur sa poitrine comme une force invisible. Dans les ombres, une silhouette vacilla avec un mouvement étrange parmi les rangées de caféiers. La lumière de sa lampe, tremblante, peinait à rester fixe. Une odeur pénétrante de café fraîchement récolté se mêlait à celle, lourde, de terre retournée et de fleurs fanées.

La silhouette s'avançait, boitant lourdement. Les jambes d'Alfonso fléchirent sous lui ; il était figé, incapable de bouger. La lumière de la lune révéla une femme à la fois terrifiante et étrangement belle. Son visage était une expression de douleur éternelle, sa robe tachée de terre et de sang séché. Là où sa jambe gauche aurait dû se trouver, il n'y avait qu'un vide sombre.

Le souffle d'Alfonso se coupa. Des visions envahirent son esprit : la jeune fille ramassant des grains de café, dénonçant le chef d'équipe pour le vol de ses salaires, la punition brutale, ses appels à l'aide résonnant dans le silence des collines, puis son corps abandonné.

— Ma mère... murmura Alfonso, les larmes coulant sur ses joues. Elle va perdre l'autre jambe aussi, parce que les médicaments n'arrivent jamais.

La Patasola s'arrêta. Ses yeux, empreints de douleur, se radoucirent, une lueur d'humanité transperçant le tourment. Elle leva une main, pointant les racines d'un vieil arbre tordu. Alfonso, le cœur battant à tout rompre, creusa sous les racines. Là, il trouva une boîte contenant des documents jaunis : des preuves irréfutables de décennies d'exploitation, de vols de salaires et d'indifférence froide.

Un instant, il sentit un frisson spectral effleurer sa main, puis la Patasola disparut.

Au matin, Alfonso présenta les documents à Don Jacinto. En silence, ils parcoururent les preuves incriminantes, pâles devant leur gravité. Sans attendre, Alfonso les apporta aux autorités provinciales.

Les légendes des cris glaçants de la Patasola continuèrent de circuler, mais il n'y eut plus de nouvelles victimes. Au contraire, on chuchotait que les médicaments arrivaient désormais à temps dans les zones reculées, et que la mère d'Alfonso, grâce à sa nouvelle prothèse, marchait avec un sourire qu'on ne lui connaissait pas.

Quelques mois plus tard, les révélations entraînèrent des augmentations de salaire et un meilleur suivi médical pour les travailleurs. Personne ne put affirmer si c'était l'œuvre d'un fantôme ou d'une justice longtemps attendue. Alfonso garda pour lui les détails de cette nuit, mais il se souviendrait toujours des yeux tourmentés de la Patasola. Elle aurait pu le détruire… mais elle ne l'avait pas fait. Il comprit alors que parfois, derrière les récits de terreur, se cachent des cœurs qui désirent ardemment la justice plus que la vengeance.

Chapitre Quinze

Le Poids des Os

À San Jacinto, un village entouré de vastes plaines et de cultures dorées, le vent apportait bien plus que l'odeur de la terre mouillée lorsqu'il soufflait depuis la montagne. Il portait un sifflement aigu et sinueux, un son qui hérissait la peau des plus courageux, s'insinuant par chaque fissure comme s'il était vivant. Personne n'avait jamais vu l'origine de ce sifflement, mais tout le monde le nommait avec une crainte unanime : le Siffleur.

Les habitants de San Jacinto, humbles et superstitieux, laissaient des verres d'aguardiente, cette boisson alcoolisée typique et forte, sur leurs fenêtres ou traçaient des croix de cendre sur leurs portes pour éloigner ce spectre. Chaque soir, ils renouvelaient ces croix avec la cendre encore chaude du foyer, comme si le temps qui passait pouvait effacer la protection qu'elles offraient. L'odeur du bois brûlé se mêlait à l'air froid de la nuit, et bien que leurs mains tremblaient, ils savaient que ce rituel était autant une prière qu'un bouclier.

Mais Victor, l'homme le plus riche du village, se moquait de ces croyances. Sa fortune, bâtie sur des menaces et des tromperies, était teintée des larmes des autres. On entendait encore dans San Jacinto les pleurs de la veuve de Manuel Herrera, le jour où les hommes de Victor l'avaient chassée de sa parcelle. Son fils, un enfant frêle, s'était agrippé aux racines d'un ceiba, un grand arbre tropical sacré, planté par son grand-père. Ses petites mains serraient l'écorce rugueuse comme s'il voulait arrêter le monde entier avec la force de son désespoir.

Cet après-midi-là, sur la place du village, Victor avait brandi une bouteille volée sur une fenêtre marquée de cendre. Il l'agita en l'air, laissant l'aguardiente se répandre sur le goulot.

— Je n'ai pas peur du Siffleur ! cria-t-il, ivre, les yeux brûlants. Qu'il vienne, qu'il montre sa force ! Je l'attends avec ma machette !

Depuis l'ombre du grand ceiba, témoin silencieux de générations d'injustices, un enfant aux grands yeux l'observait en silence. C'était Mateo, un garçon de dix ans, qui ne comprenait pas tout ce que disaient les adultes, mais sentait le poids des mots comme un coup dans l'air.

Sans attendre que la nuit l'attrape, Mateo courut jusqu'à la cabane de son grand-père, Don Jeronimo. Ses pieds nus glissaient sur la terre sèche comme si le sol lui-même voulait l'aider à se hâter. Lorsqu'il arriva, essoufflé, le soleil s'était déjà noyé dans les plaines, et une brise glacée s'infiltrait par les fenêtres.

À l'intérieur, faiblement éclairée par la lueur vacillante d'une lampe, Don Jeronimo traçait calmement une croix de cendre sur la porte. Mateo l'observa en silence, le souffle court, jusqu'à ce qu'il ne puisse plus contenir la question qui lui brûlait la gorge.

— Grand-père, est-il vrai que le Siffleur punit les méchants ? demanda-t-il, la voix tremblante. Et s'il me confond avec Victor ?

Le vieil homme posa le tabac qu'il roulait et leva les yeux vers son petit-fils. Ses yeux fatigués, mais pleins de détermination, semblaient contenir toutes les histoires jamais racontées.

— Le Siffleur n'est pas comme nous, mon garçon, dit-il avec une sérénité plus effrayante que la peur elle-même. Il est un avertissement pour ceux qui laissent des blessures dans la terre et dans le cœur des gens. On raconte qu'il était un homme orgueilleux, aveuglé par la cupidité, au point de tuer son propre père pour de l'argent. Son grand-père, consumé par la douleur et la rage, l'a maudit à errer pour toujours, portant les os des vies qu'il a volées. Depuis, son sifflement annonce la disgrâce de ceux qui se croient intouchables.

Mateo avala difficilement sa salive et se recroquevilla près du feu.

— Et si je l'entends, grand-père ? murmura-t-il d'une voix faible. Que dois-je faire ?

Don Jeronimo souffla sur son tabac, laissant ses mots s'installer.

— Si tu l'entends proche, il est loin. Mais si son sifflement semble lointain…

Il marqua une pause, comme si chaque mot pesait lourd dans l'air.

— Prie, car cela signifie qu'il est déjà là.

Lorsque la nuit enveloppa le village et que le vent cessa de souffler, Victor s'aventura dans la montagne. Sa machette en main, il avançait, le torse gonflé d'arrogance. Chaque pas l'éloignait un peu plus du village, l'emmenant vers une obscurité si dense qu'elle semblait tout engloutir. Puis il l'entendit.

Un sifflement.

D'abord un murmure.

Puis un son aigu, tranchant, si perçant qu'il lui transperça les oreilles comme une aiguille glacée.

Il s'immobilisa, la machette tremblant dans sa main. Il ferma les yeux un instant et murmura :

— C'est loin… Mais si ça semble loin…

Il rouvrit les yeux. Trop tard.

Dans les ombres, il vit une silhouette grande et tordue, des yeux rouges comme des braises, et un sac sur l'épaule qui semblait vivant. Le spectre laissa tomber le sac, et les os qu'il contenait s'assemblèrent un à un, formant les visages de ceux que Victor avait dépossédés : des paysans, des enfants, des femmes. Tous le regardaient en silence.

— Ceux-là sont ceux que tu as volés et humiliés, dit une voix qui semblait naître du vent, tandis que la nuit plongeait dans un silence profond, comme le dernier souffle d'une chose qui ne voulait pas mourir.

À San Jacinto, on raconte que chaque nuit, lorsque le vent souffle depuis la montagne et qu'on entend le sifflement du Siffleur, une silhouette courbée marche aux limites du village. On dit que c'est Victor, condamné à porter le poids invisible des os de ceux qu'il a détruits.

Mais les enfants du village n'ont plus peur du sifflement. Ils ont appris que la véritable terreur ne réside pas dans les fantômes qui portent des os, mais dans les vivants qui marchent sans conscience. Et à chaque croix de cendre tracée sur les portes, ils se rappellent que la justice n'est pas un rêve, mais une promesse portée par ceux qui osent se souvenir.

Rêves et Métaphores

Silas Dakar

Chapitre Seize

Le Dernier Rêve de Juan

Le goût de la mer persistait sur les lèvres de Juan, un rappel constant et tenace de son identité. Il revenait d'une autre journée exténuante, ses filets remplis davantage de déceptions que de poissons. Ses mains, burinées par des années de lutte contre les vagues, portaient les marques d'histoires que sa voix n'avait jamais osé raconter.

Alors qu'il attachait sa barque aux piliers du quai, un murmure lointain capta son attention. Une foule s'était rassemblée autour d'une figure lumineuse : un homme grand et mince, d'âge mûr, dont le sourire semblait désarmer même les âmes les plus dures. Vêtu d'un blanc immaculé, il parlait dans une langue aussi mystérieuse pour Juan que les profondeurs insondables de l'océan.

Poussé par une curiosité inexplicable, Juan fendit la foule comme on navigue à contre-courant. Lorsqu'il atteignit l'orateur, son regard croisa une bienveillance si intense qu'il en fut troublé. Ne comprenant rien à ces paroles énigmatiques, il chercha quelqu'un pour les lui traduire. Un homme nommé Simon Pedro s'avança et, avec des mots simples mais vibrants, expliqua :

— Le maître parle d'amour universel, de paix entre les peuples, et de la patience qui guérit les blessures du monde. Il enseigne que la richesse doit circuler comme l'eau, atteignant chaque recoin assoiffé de justice.

Le maître, doté de cette intuition propre aux véritables guides, sembla discerner en Juan quelque chose d'unique : derrière sa mélancolie se cachait une pureté presque angélique. Par l'intermédiaire de son disciple Jacques le Mineur, il lui transmit un message qui résonna profondément en lui :

— Jeune pêcheur, abandonne tes filets et joins-toi à notre cause. Désormais, tu ne pêcheras plus des poissons, mais des âmes.

Ces paroles, semblables à un hameçon invisible, capturèrent l'esprit de Juan, qui décida, sans hésiter, de suivre ce nouveau chemin.

Son voyage vers le nord fut une révélation. Les falaises se dressaient comme des gardiens solennels d'un paradis terrestre, tandis que les rivières cristallines chantaient des mélodies issues du cœur vibrant de la terre. Juan observait, émerveillé, l'influence grandissante du maître : chaque village, chaque bourgade, chaque ville se laissait séduire par son message. Les barrières de la langue s'effaçaient face à la puissance de ses mots, qui semblaient toucher une vérité universelle en chaque cœur.

Mais le sud leur révéla une réalité bien plus sombre : des rivières souillées par la honte de la pollution, des forêts murmurant leur agonie dans un silence déchirant, et des terres stériles, incapables de donner vie. Pourtant, même là, au cœur de la misère la plus cruelle, le message du maître trouvait des âmes prêtes à accueillir l'espoir.

Progressivement, Juan apprit à déchiffrer cette langue énigmatique qui semblait ouvrir toutes les portes. Mais lorsqu'ils atteignirent la terre natale du maître, quelque chose changea. Les villes se dressaient comme des monuments au pouvoir, et le discours qui l'avait tant captivé subit une transformation troublante. Les paroles d'amour universel et de justice sociale cédèrent la place à des appels à l'expansion, à la défense et à la force militaire.

Une tristesse profonde s'insinua dans le cœur de Juan, semblable à l'eau salée s'infiltrant dans une plaie. L'appel de la mer se fit plus pressant que jamais : il rêvait du mouvement régulier de sa barque, de l'ancrage fidèle et de la boussole qui ne mentait jamais. Il se languissait du sourire usé de son père, de la maison de son frère où le sable s'invitait dans chaque fissure, et de la voix de sa mère, douce comme une berceuse portée par le vent.

— Pêcher des hommes, ce n'est pas pour moi, pensa-t-il en s'éloignant dans les larges avenues de cette ville austère.

Au milieu du tumulte assourdissant de la foule, il entendit une dernière fois la voix du maître proclamer, d'une voix retentissante : Make America Great Again.

Juan esquissa un sourire amer. Peu importaient la langue ou le pays, tous les sauveurs finissaient par prêcher le même sermon. Il comprit alors que certains rêves, comme des poissons insaisissables, étaient faits pour glisser librement dans l'immensité de l'océan de la mémoire.

Chapitre Dix-sept

Le Rêve de Julian

Le rugissement des machines était la mélodie ininterrompue de la vie de Julian. Pendant quinze ans, il avait travaillé dans cette usine où le temps se mesurait aux chocs métalliques et aux crissements d'engrenages. Le mélange de sueur et d'huile, suintant des machines affamées, faisait partie du décor, tandis que la chaleur suffocante transformait chaque respiration en un effort délibéré. Julian connaissait chaque bruit, chaque vibration, comme un père reconnaît la respiration de son enfant endormi.

Pedro, son compagnon de poste depuis une décennie, disait souvent que l'usine était une bête qui se nourrissait de leurs vies.

— Regarde mes mains, Julian, disait-il en montrant ses doigts calleux et marqués de cicatrices. Chaque marque, c'est un jour où la bête avait faim.

Avec cinq enfants à nourrir, Pedro voyait ces cicatrices comme le prix à payer pour maintenir sa famille à flot.

Durant les nuits, quand le monde extérieur plongeait dans le sommeil, Julian observait le ballet mécanique des pistons et des poulies depuis son poste sur la chaîne d'assemblage. Il voyait Manuel, le plus jeune du groupe, lutter pour suivre le rythme implacable de la production. Les nouveaux employés commençaient toujours ainsi : apeurés, submergés par la cadence infernale de la machine. Peu d'entre eux tenaient plus d'un mois.

Dans ses rares moments de pause, Julian se réfugiait dans un coin isolé de la cantine, où le vacarme des machines devenait un écho lointain. Là, il sortait un vieux carnet de la poche de sa salopette et dessinait. Mais ce n'étaient pas de simples gribouillages : il concevait les plans d'une usine différente. Des ventilateurs industriels pour combattre la chaleur, des protections pour éviter que les mains des ouvriers soient broyées, des espaces de repos baignés de lumière naturelle. Chaque croquis répondait à une douleur qu'il avait vue, à une nécessité partagée par tous.

Le changement commença une nuit suffocante d'été. Manuel, épuisé après un double poste, glissa sa main sous la presse hydraulique une seconde avant qu'elle ne s'abatte. Son cri transperça l'usine comme un coup de tonnerre. Par chance, seuls deux doigts furent fracturés, mais il aurait pu perdre sa main. Il aurait pu perdre son rêve de devenir guitariste. Il aurait pu perdre sa vie.

Ce soir-là, Julian ouvrit son carnet et se mit à écrire. Ce n'était pas une simple plainte ; c'était un manifeste, nourri par des années d'observation. Chaque page dénonçait un problème et proposait une solution. Chaque mot portait l'urgence de celui qui a vu trop de souffrance.

— Tu es fou, Julian ! murmura Pedro lorsqu'il lut la lettre, partagé entre la peur et l'espoir. Avec cinq bouches à nourrir, je ne peux pas risquer de perdre ce boulot.

— Torres et Ramirez sont morts le mois dernier, intervint Manuel, ses doigts bandés comme un rappel silencieux. Combien d'autres doivent encore tomber ?

— Les machines nous dévorent vivants, répondit Julian en pliant la lettre avec détermination. Qu'est-ce que tu préfères, Pedro ? Mourir en silence ou vivre debout ?

La lettre rencontra des obstacles dans les couloirs de la direction, mais la graine était semée. Dans les recoins sombres de l'usine, entre la vapeur et le vacarme, les ouvriers commencèrent à se réunir. Les mots de Julian résonnèrent chez ceux qui, comme lui, rêvaient d'une dignité retrouvée.

La menace d'une grève fut le premier coup. La médiatisation, le second. Acculée par la mauvaise publicité et la possible intervention des autorités, la direction céda. Ils installèrent des protections de sécurité, améliorèrent la ventilation. Les horaires furent réduits et les espaces de repos réaménagés pour devenir plus humains. La bête commençait à être domptée.

Dix ans plus tard, Julian observait l'usine depuis le trottoir d'en face. Le bâtiment tenait toujours debout, mais quelque chose avait changé. À travers les fenêtres, il voyait des bras robotiques bouger avec une précision implacable, inlassable et efficace. Là où autrefois travaillaient des visages fatigués mais humains, il n'y avait plus que des écrans et des capteurs. Sa machine à assembler avait été remplacée par une autre, incapable de se plaindre, de rêver ou d'imaginer un monde meilleur.

Pedro passa près de lui, une sacoche de courses à la main. Il ne travaillait plus à l'usine ; aucun des anciens n'y travaillait encore.

— Tu sais ce qui est ironique, Julian ? dit-il avec un sourire triste. On s'est battus pour des conditions plus humaines, et on a fini par être remplacés par des machines qui n'ont pas besoin de conditions.

Julian hocha la tête en silence. Le rugissement étouffé de l'usine automatisée leur parvenait comme un éclat de rire métallique. Dans sa poche, son vieux carnet de rêves pesait comme une pierre tombale.

— On a gagné des droits, murmura-t-il. Mais on a perdu nos emplois.

Les lumières des robots continuaient de clignoter derrière les fenêtres, insensibles à la dignité ou aux droits. Elles accomplissaient sans relâche le travail qui, autrefois, appartenait à des hommes ayant osé rêver d'un avenir meilleur.

Chapitre Dix-huit

Le Train des Rêves

(À Lucas Dakar, mon frère. Pour toutes les histoires qui ont vu le jour entre les rails et les gares, pour les trains qui nous ont vus grandir et ceux qui attendent encore sur quelque quai oublié.)

Dans le village, où les nuits semblaient aussi interminables que les silences, un phénomène mystérieux se produisait à la tombée de l'obscurité. Sur les anciennes voies abandonnées apparaissait le Train des Rêves. Chaque nuit, à la même heure, son sifflement lointain déchirait l'air comme un écho venu d'un autre temps, annonçant son arrivée avec la lueur spectrale de ses wagons. On racontait que ceux qui montaient à bord pouvaient revivre un moment crucial de leur passé. Mais ce cadeau, aussi séduisant soit-il, était enveloppé d'ombres, avec un prix que seule l'âme pouvait comprendre.

Lucas, un homme habité par le silence et les absences, avait entendu parler de ce train depuis l'enfance. Mais ce n'est qu'après la disparition tragique de Memín, son meilleur ami, perdu dans les ténèbres d'une querelle jamais éclaircie, que l'appel du train devint une obsession. Une nuit, accablé par le poids du regret, il décida de monter à bord.

La première fois, le train le ramena à cet après-midi fatidique. Il revécut chaque mot prononcé ou retenu, chaque geste qu'il portait désormais comme une chaîne invisible. Il modifia le dénouement, mais à son retour au présent, le soulagement fut éphémère. La douleur du passé s'était transformée, prenant une nouvelle forme, tout aussi vive et implacable.

Lucas retourna à bord du train, cette fois pour affronter une blessure restée ouverte entre lui et son père. Mais à son retour, il comprit que ce nouveau souvenir ne remplaçait pas l'ancien : il s'y ajoutait, comme si le train lui révélait que la douleur est une constante, qui évolue mais ne disparaît jamais vraiment.

Finalement, une nuit, alors que le train approchait dans son rugissement caractéristique, Lucas s'arrêta sur le quai. Il contempla les lumières dansantes des wagons vides et comprit qu'il pouvait réécrire le passé autant qu'il le voulait, cela n'apporterait que de nouvelles formes d'un chagrin qui ne le quitterait jamais complètement. Avec un profond soupir, il laissa le train poursuivre sa route sans lui.

— C'est fini, au diable les rails, murmura-t-il comme une incantation. Ses mots se dissipèrent dans la pénombre, tandis que l'écho du sifflement s'effaçait dans la nuit.

Au lever du jour, Lucas marcha lentement vers le village, une étrange sensation de légèreté l'habitant. Il avait choisi de rester dans le présent, acceptant que la douleur fasse partie du voyage, mais qu'elle ne soit pas la destination finale.

Dès lors, le Train des Rêves continua d'apparaître chaque nuit, son sifflement traversant les silences de la vallée. Mais pour Lucas, ce n'était plus un appel. C'était un rappel : parfois, la véritable paix réside dans l'acceptation des cicatrices qui nous ont façonnés.

Chapitre Dix-neuf

La Foi
Dans l'Incertitude

Le sous-sol de la vieille église sentait l'humidité et les secrets. Ernesto observait les ombres mouvantes de ses camarades, projetées sur les murs de pierre, et se demandait si ses doutes étaient une trahison ou, au contraire, la forme la plus sincère de loyauté. Manuel, le chef du groupe, parlait de justice et de révolution avec l'assurance d'un prophète, tandis que les bougies traçaient des auréoles tremblantes sur les murs écaillés.

— La victoire est proche, proclamait Manuel, sa voix résonnant sous les arcs anciens. Le peuple se réveillera.

— Et quand se réveillera-t-il ? demanda Ernesto en levant les yeux. Parce que j'entends ces mots depuis que je suis enfant, et rien ne change.

Manuel s'interrompit, son front plissé projetant une ombre inquiétante sur les murs.

— Tu doutes de notre cause, Ernesto ? répliqua-t-il d'une voix ferme.

— Je ne doute pas de la cause, répondit Ernesto. Je doute de nous, de nos méthodes. Et si nous ne faisions que perpétuer un cycle ?

Un silence épais comme du brouillard s'installa. Les bougies vacillèrent sous le poids de ces mots, et un murmure inconfortable parcourut l'assemblée.

— Le doute est un luxe de lâches, lança Ricardo, le plus jeune et le plus fervent. Si tu ne peux pas croire, alors dégage.

Julia, qui était restée silencieuse jusque-là, sortit des ombres en allumant une cigarette.

— Le doute, dit-elle en exhalant une volute de fumée, est le seul chemin vers la vérité. Mon frère doutait aussi, et ses doutes l'ont guidé jusqu'à son dernier souffle.

Tous se tournèrent vers elle. Julia s'assit près d'Ernesto, sa voix devenant plus douce mais tout aussi déterminée.

— La nuit avant qu'on le tue, il m'a dit : "Je préfère mourir en doutant que vivre en croyant à des mensonges."

Dans les semaines qui suivirent, les doutes d'Ernesto changèrent. Ils cessèrent d'être des chaînes qui le paralysaient pour devenir des boussoles qui le guidaient vers des questions plus profondes. À chaque réunion, tandis que les autres scandaient des slogans, Ernesto apprenait à écouter les silences entre les mots.

La nuit de l'action finale, alors que tout le monde était prêt à agir, Ernesto se leva.

— Peut-être que nous n'avons pas toutes les réponses, dit-il en regardant chacun de ses camarades dans les yeux, mais il vaut mieux douter debout que vivre à genoux.

Julia, depuis son coin, esquissa un sourire discret. La révolution, réalisa-t-il enfin, n'était pas dans les slogans qu'ils scandaient, mais dans cette capacité à douter et à continuer d'avancer malgré tout. C'était peut-être ça, la véritable révolution : non pas la certitude qui aveugle, mais le doute qui illumine.

Chapitre Vingt

Les Fragments du Vent

Le vent portait des secrets que seule Lia semblait remarquer, peut-être parce qu'elle en cachait un elle-même : l'absence de sa mère, partie comme une feuille emportée par un souffle d'automne, laissant derrière elle l'écho de promesses jamais tenues. Depuis ce jour, chaque papier égaré qu'elle trouvait, accroché aux branches ou tourbillonnant entre les pierres, lui semblait être un message en quête de son destin, comme ces derniers mots qu'elle n'avait jamais pu entendre.

Elle les ramassait avec soin et les rangeait dans une boîte en bois sculpté, posée près de son lit, un héritage laissé par sa mère. Certains papiers étaient blancs comme le premier souffle de l'hiver, d'autres jaunis comme des parchemins anciens, et d'autres encore teintaient de nuances douces, comme s'ils avaient absorbé la lumière de l'aube ou du crépuscule. Chaque papier, pensait Lia, portait un fragment de vie, une histoire interrompue qui méritait d'être protégée.

Un après-midi, le vent capricieux la guida jusqu'à une colline où se dressait une tour oubliée. Ses fenêtres en spirale semblaient veiller sur l'horizon, et l'air sifflait entre ses fissures, comme des voix qui appelaient. Lia frissonna, mais la curiosité l'emporta sur la peur.

La porte en bois grinça en s'ouvrant, révélant un intérieur baigné par la lumière dorée du crépuscule. Au centre, entouré d'étagères qui s'élevaient jusqu'au plafond voûté, un vieil homme examinait des papiers avec la minutie d'un horloger. Les étagères étaient organisées par couleurs : bleus comme des larmes, blancs comme des soupirs inavoués, jaunes comme des souvenirs fanés, et rouges comme des promesses ardentes.

Lorsque Lia franchit le seuil, une planche craqua sous ses pieds. L'homme leva les yeux et esquissa un bref sourire, semblable à un rayon de soleil perçant entre les nuages après la pluie.

— Pourquoi gardez-vous tous ces messages ? demanda-t-elle à voix basse.

Le vieil homme saisit un papier lavande, caressant sa surface avec des doigts noueux, comme s'il déchiffrait un langage secret.

— Parce que chacun est un fragment d'âme, petite collectionneuse, répondit-il d'une voix douce, usée par le temps. Comme toi, je sais que certains messages doivent errer avant de trouver leur place.

Lia sortit un papier rose de sa poche.

— Et s'ils n'arrivent jamais là où ils devraient ?

L'homme la fixa de son regard profond, semblant contenir la mémoire de nombreuses vies.

— Rien de ce qui est confié au vent ne se perd, dit-il. Parfois, le message n'est pas destiné à la personne qu'on croit, mais à celle qui en a besoin.

Lia fronça les sourcils, ses doigts jouant nerveusement avec l'ourlet de son pull.

— Comment savez-vous s'il arrive à la bonne personne ?

L'homme se leva lentement et se dirigea vers une fenêtre en spirale. La lumière du crépuscule dorait ses cheveux argentés.

— Viens, dit-il en lui tendant un papier vierge. Écris quelque chose et découvre-le par toi-même.

Avec des mains tremblantes mais décidées, Lia écrivit : "Je suis là. M'entends-tu ? Tu me manques chaque jour. " Elle gravit les marches de pierre jusqu'à la plus haute fenêtre, là où le vent était le plus fort, et laissa le papier s'envoler.

Elle le regarda s'élever, danser dans l'air, et scintiller sous les derniers rayons du soleil, jusqu'à ce qu'il disparaisse à l'horizon embrasé d'or et de feu.

— Et maintenant ? demanda-t-elle, les yeux pleins de larmes contenues, en se tournant vers le vieil homme.

— Maintenant, répondit-il avec un sourire serein. Écoute.

Le vent se leva, faisant bruisser les papiers sur les étagères comme des voix anciennes. Et parmi ces murmures, Lia crut entendre quelque chose de familier, une voix qu'elle reconnaissait de ses rêves : "Je t'entends toujours, ma petite collectionneuse d'histoires. "

Ce soir-là, rentrée chez elle, Lia ouvrit sa boîte en bois sculpté. Un à un, elle libéra les papiers qu'elle avait gardés si longtemps. Elle les observa voler sous la lumière de la lune, chacun brillant comme un éclat fugace dans la pénombre.

Le dernier qu'elle laissa partir était d'un bleu identique à celui des yeux de sa mère. Elle le regarda s'élever, et, un instant, il sembla dessiner la silhouette d'une étreinte avant de se fondre dans la nuit étoilée.

Dès lors, Lia continua de trouver des papiers perdus, mais elle ne les gardait plus. Elle les lisait, les libérait, et certains après-midi, elle montait à la tour pour partager un thé à la cannelle avec le vieil homme. Ensemble, ils observaient les messages danser dans l'air, emportant des histoires inachevées vers des destinations invisibles.

— Parfois, lui avait confié le vieil homme, lâcher prise est la seule façon de retrouver ce qui nous manque.

Et Lia comprit enfin que certaines histoires doivent rester incomplètes pour permettre à d'autres d'écrire leur fin.

Les Armes Du Quotidien

Silas Dakar

À Propos D'auteur

Silas Dakar est un écrivain et essayiste qui explore la condition humaine avec une rare harmonie entre rigueur analytique et récit empreint d'émotion. Ses œuvres abordent des thèmes tels que le pouvoir, l'identité et la transformation sociale, tissant un lien entre les perspectives historiques et les enjeux contemporains. Qu'il s'agisse d'essais introspectifs ou de récits envoûtants, Dakar invite ses lecteurs à réfléchir sur les complexités du monde et sur leur propre place en son sein.

www.ingramcontent.com/pod-product-compliance
Lightning Source LLC
LaVergne TN
LVHW041614070526
838199LV00052B/3136